SUR

LA TONALITÉ ECCLÉSIASTIQUE

ET

LA MUSIQUE

DU XVe SIÈCLE

PAR

A. J. H. VINCENT

MEMBRE DE L'INSTITUT

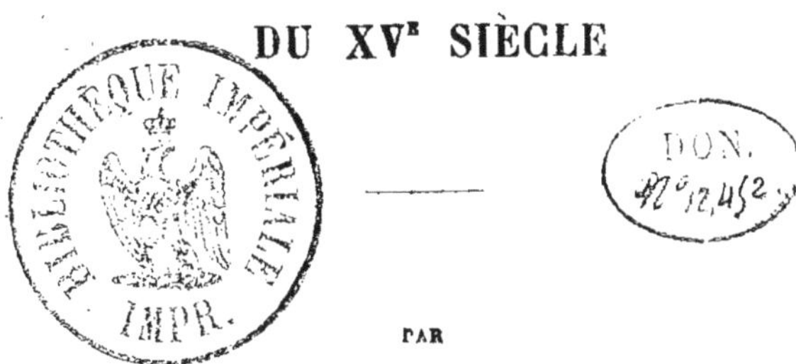

(Extrait de la *Revue archéologique*, XIVe année.)

PARIS

A. LELEUX, LIBRAIRE

ÉDITEUR DE LA REVUE ARCHÉOLOGIQUE

RUE DES POITEVINS, 11

1858

NOTE

SUR LA MODALITÉ DU CHANT ECCLÉSIASTIQUE

ET SUR SON ACCOMPAGNEMENT.

Il n'est personne qui ne soit frappé des caractères divers et si tranchés que présentent les différents modes du chant ecclésiastique; mais on serait souvent fort embarrassé pour justifier les dénominations qui leur sont vulgairement attribuées, et surtout pour concilier la multiplicité et la variété de celles qui appartiennent à un même mode. Cependant, on sera moins surpris des discordances qui se remarquent dans les qualifications attribuées par les divers auteurs au caractère moral d'un même mode, pour peu que l'on veuille prêter d'attention à une circonstance que nous avons mentionnée ailleurs (1) avec détail, et sur laquelle, par conséquent, il serait superflu d'insister ici : nous voulons parler du renversement de la série des modes, qui s'est opérée dès une très ancienne époque, et qui paraît même contemporaine à l'introduction de la musique des Grecs dans les écoles latines.

Rappelons seulement en quelques mots comment s'est produite cette transformation qu'il est nécessaire d'avoir, une fois pour toutes, bien reconnue, et expliquons brièvement en quoi elle consiste.

D'abord, les *modes*, les *harmonies* de Platon et d'Aristoxène, sont fondés sur les espèces d'octaves : c'est là une proposition que l'on peut considérer comme le principe fondamental, le premier principe esthétique de la musique ecclésiastique ou du plain-chant, ainsi qu'il l'était de la musique des Grecs; il a pour complément nécessaire la fixation du rang de la finale dans chaque octave.

Il y a nécessairement sept espèces d'octaves, d'où peuvent se déduire sept modes principaux. Mais laissons, pour un instant, les considérations théoriques, pour nous attacher en premier lieu aux données de l'histoire. Voici en conséquence, conformément à la doctrine de Ptolémée, la nomenclature de ces sept modes ou espèces

---

(1) *Notices et extraits des manuscrits de la Bibliothèque*, etc. T. XVI, 2ᵉ partie, 1847; pp. 86 et suiv.

d'octaves, en allant du grave à l'aigu, avec l'indication de la mèse ou finale.

Première espèce ou Mixolydienne, du *si* grave au *si* aigu, ayant pour mèse *mi*.
Deuxième ou Lydienne *ut* *ut* *fa.*
Troisième ou Phrygienne *ré* *ré* *sol.*
Quatrième ou Dorienne *mi* *mi* *la.*
Cinquième ou Hypolydienne *fa* *fa* *si.*
Sixième ou Hypophrygienne *sol* *sol* *ut.*
Septième ou Hypodorienne *la* *la* *ré.*

Évidemment il ne peut y avoir, dans le genre exclusivement diatonique, que ces sept espèces d'octaves; car toute nouvelle octave rentrerait nécessairement dans quelqu'une des précédentes : c'est ce qui arrive par exemple pour l'octave que Boëce appelle hypermixolydienne, et qu'il ajoute au système antérieur en la plaçant à un ton de distance de la mixolydienne : il est clair que cette octave hypermixolydienne n'est autre que l'octave hypodorienne transportée à un diapason ou une octave de distance.

De plus, il est facile de voir que pour parcourir tous ces modes dans l'étendue générale de l'échelle des voix humaines, en y comprenant le mode hypermixolydien de Boëce, il faut parcourir un intervalle total de deux octaves entières, savoir : 1° l'octave qui compose chaque mode, et 2° la somme des intervalles conjoints dont on a monté ou descendu en passant d'une octave à la suivante depuis la première jusqu'à la huitième et dernière.

Or, il s'en faut que toutes les voix possèdent ces deux octaves bien pleines; et d'ailleurs, les possédassent-elles, leur hauteur absolue est fort différente pour chaque individu. C'est pour parer à cet inconvénient que Ptolémée entreprit de ramener toutes les octaves partielles, c'est à dire les modes, au diapason moyen de la voix et à l'étendue d'une même octave, en haussant à cet effet les modes les plus graves, baissant les plus aigus, et les réduisant ainsi tous au même niveau.

Mais il est clair qu'en faisant monter ou descendre de cette manière chacune des octaves désignées, on fait en même temps monter ou descendre la totalité de l'échelle musicale à laquelle appartiennent les diverses octaves, et par conséquent sa *tonique*, pour s'exprimer comme les modernes. De là résulte cette conséquence importante à bien comprendre, savoir : tandis que les diverses espèces d'octaves, dans leur position primitive et naturelle, avaient toutes la même tonique, au contraire, après leur réduction à un même diapason, chaque mode ayant entraîné avec lui sa tonique particulière, il s'ensuit nécessairement que les modes les plus aigus se trouvent en définitive ramenés à des toniques plus graves, et les modes les plus graves à des toniques plus aiguës.

C'est ce que rendra sensible un exemple pris dans la musique moderne. Ainsi le ton majeur d'*ut* est plus aigu d'une tierce que son relatif mineur le ton de *la*. Mais supposons qu'un chanteur capable de parcourir l'octave de *la*, ait la voix trop grave pour chanter la gamme d'*ut*, et qu'il veuille en conséquence ramener cette gamme majeure aux mêmes limites et à la même tonique que la gamme de *la ;* alors il devra la faire descendre d'une tierce ; or, il est évident que, par cette opération, le mineur relatif sera descendu aussi d'une tierce, et que sa tonique se trouvera une tierce au-dessous de celle de la gamme mineure primitive. Eh bien ! il en est de même des modes antiques : après leur réduction aux mêmes limites, les plus aigus *en puissance* appartiennent aux tons les plus graves en position, et réciproquement.

C'est donc en vue de la diversité du diapason des voix, et aussi de celui des instruments, que les anciens avaient établi, comme nous le faisons nous-mêmes, une série de *tons* tous semblables entre eux, en les échelonnant par intervalles égaux et de demi-ton en demi-ton (1).

Ces tons, ces échelles ou systèmes successifs, sont nommés *tropes* (τρόποι) chez Alypius ; et nous emploierons nous-même cette dernière expression dans le même sens, bien que plusieurs écrivains ecclésiastiques lui donnent le sens de *modes*.

Quoi qu'il en soit, il résulte de ce qui vient d'être dit, que dans cette réduction des diverses espèces d'octaves ou modes à des limites identiques, on prenait dans le trope le plus grave la partie la plus aiguë, et dans le trope le plus aigu la partie la plus grave ; de manière que les modes les plus aigus se trouvèrent rapportés aux tropes les plus graves, comme nous l'avons déjà dit, et réciproquement les modes les plus graves aux tropes les plus aigus. Mais ce n'est pas tout : au lieu de dire : « le trope où se place tel « mode, le mode lydien par exemple, ou le mode hypodorien, ou

(1) Tout le monde remarquera une équivoque dont il n'est pas en notre pouvoir de délivrer la langue , et d'après laquelle le mot *ton* désigne ici une qualité et le mot *demi-ton* une quantité. — Même équivoque pour le mot *octave*, puisqu'il y a l'*espèce d'octave* et la *valeur de l'octave*. — Le mot *trope* est lui-même sujet à équivoque, comme nous le disons dans le texte. — De là bien des obscurités dans la théorie des modes.

« tel autre », on prit l'habitude de dire *le trope lydien, le trope hypodorien*, etc., etc. ; et c'est ainsi que les tropes graves sont caractérisés par la particule *hypo* (1).

Le trope mixolydien fut donc le plus aigu des tropes, puisqu'il correspondait au mode le plus grave ; le trope hypodorien fut au contraire le trope le plus grave, puisqu'il contenait le mode le plus aigu ; et ainsi des autres tropes qui se placèrent entre les deux extrêmes, chacun à son rang, en suivant l'ordre inverse de celui des modes.

Mais cette qualification des tropes par les noms des modes auxquels ils servaient de réceptacle, pour ainsi dire, eut par la suite de fâcheux résultats : d'abord celui d'introduire un véritable désordre dans la succession des modes, comme on va le voir, et par suite, celui de répandre sur leur théorie une obscurité profonde.

Premièrement, on commença par appliquer aux modes eux-mêmes la dénomination de tropes, qui, dans l'origine, était exclusivement consacrée aux tons proprement dits. Mais ce n'est pas tout.

Observons qu'en réduisant tous les modes à la même octave, le système de Ptolémée, comparé à celui qu'il remplaçait, présentait deux désavantages : 1° d'exiger l'emploi d'instruments divisés par demi-tons au lieu d'une simple division diatonique dont on avait pu se contenter jusque là, et 2° de briser les relations tonales ou modales qui reliaient entre eux les divers modes employés et permettaient de passer de l'un à l'autre sans blesser le sentiment de la tonalité (2).

Ces inconvénients parurent assez graves à saint Ambroise, ou aux auteurs quelconques du système primordial de la musique ecclésiastique, pour qu'ils crussent nécessaire d'y remédier en rétablissant l'ordre antique et la subordination tonale des divers modes, sauf à restreindre leur étendue ; et, à cet effet, ils prirent pour base des nouveaux modes les diverses espèces de quintes.

---

(1) Dénomination qui ne se comprendrait pas si l'on n'en trouvait ici la raison, puisque les Grecs plaçaient le grave dans le haut et l'aigu dans le bas de leur système, comme le prouve l'expression ὑπάτη, *suprême*, appliquée à la corde la plus grave (Voir les *Notices et extraits*, etc. Tome XVI, 2ᵉ partie, p. 108). — Je n'ai pas voulu mettre cette remarque dans le texte de peur qu'elle ne créât une difficulté pour quelques personnes.

(2) Les personnages du drame chantaient chacun dans un mode différent. (Voy. ma Note *Sur la représentation d'Antigone*, dans le *Journal gén. de l'Instr. publ.*, 1844, t. XIII, p. 759, et mon Discours *Sur la musique des anciens Grecs*, Congrès scientifique d'Arras, 1853, t. II, p. 381. On peut inférer du célèbre passage d'Horace (Épod. IX, v. 5), qu'il en était de même des instruments lorsqu'ils concertaient entre eux ou avec la voix.

En conséquence, ils établirent quatre modes principaux ainsi caractérisés :

Le *Protus*, ayant pour dominante supérieure *la* et pour finale *ré* (correspondant au mode *dorien* des Grecs);

Le *Deutérus*.......dominante...........*si*....finale......*mi* (correspondant au *mixolydien* grec);

Le *Tritus*..........dominante.............*ut*..............*fa* (analogue au *lydien synton*);

Le *Tétartus* (1).........................*ré*............*sol* (correspondant au *phrygien*).

Deux siècles après vint saint Grégoire le Grand, qui voulut donner plus d'extension à ce système, et pour cela décomposa chaque mode en deux, l'un, dit *authentique*, s'étendant d'une quarte plus à l'aigu, l'autre, surnommé *plagal*, descendant d'une quarte au grave, toujours en conservant la même finale. C'était une réaction vers le système grec, réaction que l'on voulut rendre encore plus formelle en restituant aux modes du nouveau système les dénominations des anciennes harmonies. Pour cela, partant de l'octave la plus grave, celle de *la*, l'hypodorienne des anciens Grecs qui reprit son nom, on crut qu'il était suffisant de rétablir les autres dénominations dans le même ordre, en allant du grave à l'aigu. Mais on oublia, semble-t-il, que les tropes avaient été substitués aux modes, que par suite, l'ordre des dénominations appartenant à ceux-ci avait subi une inversion, et que, par une conséquence nécessaire, la nouvelle nomenclature que l'on établissait n'avait aucune raison d'être. Quoi qu'il en soit, le système dit Grégorien se trouva constitué comme il suit :

	Octave de	Mode ecclésiastique			Octave grecque (2 correspondante
Modes aigus	RÉ	Dorien	Protus	Authentus	Phrygienne
	MI	Phrygien	Deutérus		Dorienne
	FA	Lydien	Tritus		Hypolydienne
	SOL	Mixolydien	Tétartus		Hypophrygienne
Modes graves	*la*	*Hypodorien	Protus	Plagius	*Hypodorienne
	si	Hypophrygien	Deutérus		Mixolydienne
	ut	Hypolydien	Tritus		Lydienne
	ré	Hypomixolydien	Tétartus		Phrygienne

(1) *Tétrardus* par corruption.

(2) Je ne m'occupe point des Grecs modernes. On peut voir à leur égard ce que j'ai dit dans les *Notices et extraits*, etc. (*Ibid.*, p. 89 et suiv.).

C'est ce qu'on peut voir mieux dans le tableau suivant.

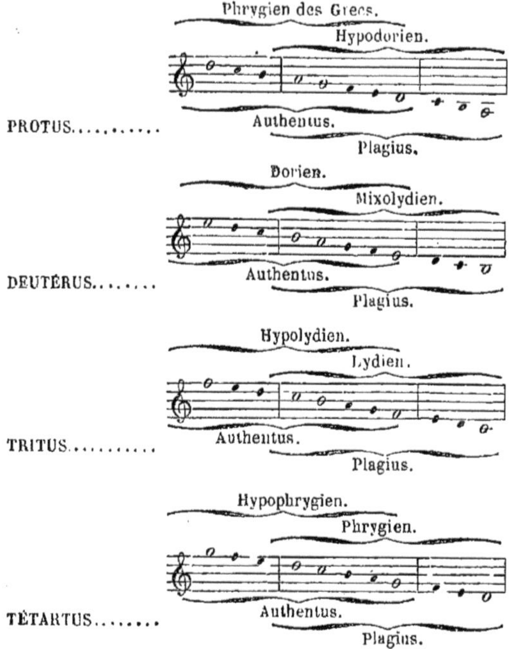

Après les faits que nous venons d'exposer, il serait inutile d'insister sur les différences qui existent entre les caractères moraux attribués, par les Grecs d'une part, par les Latins de l'autre, aux modes respectivement désignés chez les uns et chez les autres par la même dénomination, puisque, par suite des transformations qui viennent d'être signalées, l'identité de nom ne saurait plus en réalité indiquer aucune analogie.

Il en sera tout autrement si, faisant abstraction de la terminologie propre à chaque nation, on compare les uns aux autres les modes analogues, en appréciant cette analogie, non d'après le rapprochement illusoire des noms semblables, mais d'après l'identité beaucoup plus réelle des limites et surtout des finales communes.

Mais on peut entrer encore plus avant dans la question, en examinant si réellement les différents modes étaient doués des qualités morales qu'on leur attribuait, et en même temps rechercher et analyser les causes de ces différences de caractères. C'est ce que nous allons tâcher de faire.

Un ouvrage peu connu, bien que publié depuis environ quarante ans, va nous ouvrir la voie. L'auteur n'avait en vue que la musique moderne et ne possédait même, à ce qu'il est permis de croire, aucune notion de musique ancienne. Mais les vrais principes des arts sont de tous les temps; aussi l'auteur de l'ouvrage dont nous voulons parler a-t-il su faire ressortir de ses observations, certaines lois qui, par ce qu'elles ont de général et d'absolu, portent beaucoup plus loin que les prétentions de l'auteur, et sont très propres à servir de prémisses aux conclusions que nous avons à déduire touchant la musique ancienne. J'ajoute même qu'elles doivent avoir pour nous d'autant plus d'autorité que les visées de l'auteur étaient plus éloignées des conséquences que nous en tirerons.

Voici donc deux axiomes posés dans l'ouvrage qui a pour titre : *Principe acoustique nouveau et universel de la théorie musicale, ou musique expliquée*, par *A. J. Morel*, etc. (Paris, 1816; page 50 et suivantes) :

1° *Quand la succession des sons sur lesquels porte la partie forte ou accentuée des temps dans la partie chantante, est coordonnée de l'aigu vers le grave, elle produit un sentiment de plaisir;*

2° Au contraire, *lorsque la marche des sons est ascendante, elle provoque des sensations vives.*

L'auteur développe ainsi ces deux principes : « Tous les chants qui se font remarquer par le charme de la mollesse et de la douceur, procèdent, dit-il, suivant la première loi. Ainsi, la marche descendante est convenable à l'expression des sentiments tendres, à la peinture d'un amour heureux et tranquille, au recueillement religieux, à la mélancolie, même aux plaintes d'un cœur résigné, à la production en un mot de toutes les émotions douces, quel qu'en soit le motif.

« Au contraire, la marche ascendante s'adapte à toutes les circonstances où l'âme peut et doit être agitée. Les chansons joyeuses ou bachiques, les ariettes folles, les marches, les combats, les airs de danse, et tous les chants enfin pour lesquels il faut exprimer des passions vives et toutes les sortes de transports, sont du domaine de la marche ascendante. »

En résumé donc, l'auteur range toutes les affections possibles de l'âme en deux classes générales, l'une comprenant les affections douces, et l'autre les affections fortes; et il attribue aux premières la marche descendante et aux dernières la marche ascendante.

En d'autres termes encore, si l'on nous permet de faire ici un emprunt à la langue grecque, la marche descendante est propre à la musique *systaltique*, c'est à dire *comprimante, resserrante*, tandis que la marche ascendante lui donne le caractère *diastaltique* ou *excitant, dilatant*. En un mot, pour parler comme le vulgaire, la première *resserre* le cœur, la seconde l'*épanouit*.

Ces deux principes bien compris, voyons comment les anciens eux-mêmes avaient su les deviner et les appliquer.

On sait que toute la musique des Grecs, dont l'Église latine a adopté et suit encore les traditions, est fondée sur le *tétracorde*, c'est-à-dire sur l'intervalle de quarte décomposé en trois intervalles qui sont invariablement *deux tons et un demi-ton*, quand on ne sort pas du genre diatonique, seul admis dans le chant grégorien. Deux tétracordes semblables, séparés par l'intervalle d'un ton (système disjoint), ou reliés par une note commune (système conjoint), constituent essentiellement un mode.

Or, observons que, dans un tétracorde défini comme nous venons de le faire, le demi-ton peut être placé de trois manières différentes par rapport aux deux tons, savoir : à l'aigu, au grave, au milieu.

1° A l'aigu : *ut* 1 *ré* 1 *mi* $\frac{1}{2}$ *fa*, ou *sol* 1 *la* 1 *si* $\frac{1}{2}$ *ut*.

Dans cette constitution du tétracorde, l'ascension du grave à l'aigu se fait avec le plus de vitesse possible, puisque les deux premiers pas sont deux tons entiers ; tandis que la descente, de l'aigu au grave, se fait avec la moindre vitesse, puisque le premier pas n'est que d'un demi-ton. Il doit donc en résulter le caractère essentiellement diastaltique, celui du mode que nous appelons *majeur*, dont la finale se trouve ainsi naturellement placée sur l'*ut*.

2° Le demi-ton étant placé au grave, comme $\left\{ \begin{array}{l} mi\ 1\ r\acute{e}\ 1\ ut\ \frac{1}{2}\ si \\ la\ 1\ sol\ 1\ fa\frac{1}{2}\ mi. \end{array} \right.$

Ici c'est la descente qui se fait avec le maximum de vitesse, et l'ascension qui a lieu avec le minimum de rapidité : cette disposition communiquera donc à la musique un caractère éminemment systaltique.

3° Enfin le demi-ton occupe la place moyenne : $\left\{ \begin{array}{l} r\acute{e}\ 1\ mi\ \frac{1}{2}\ fa\ 1\ sol \\ r\acute{e}\ 1\ ut\ \frac{1}{2}\ si\ 1\ la. \end{array} \right.$

L'ascension, comme la descente, se fait ici avec une vitesse moyenne, établissant ainsi un juste équilibre entre le caractère diastaltique et le systaltique. Les anciens lui donnaient la qualification d'*hésychastique*, c'est à dire *pacifique* ou *paisible, reposé, modéré*. La musique moderne, qui n'emploie plus que dans des cas d'exception très rares, et jamais dans les finales, la seconde disposition du tétracorde ou le genre systaltique, appelle *mineur* le mode qui résulte de la troisième disposition ou du genre hésychastique, quoique cette expression fût plus régulièrement et plus convenablement appliquée à la seconde disposition ; et, par suite, on donne constamment aujourd'hui au tétracorde *ré ut si la*, la disposition descendante (1).

Par le peu que nous venons de dire, on peut déjà pressentir la cause des différences d'expression si remarquables dont les divers modes de l'Église sont doués (2), non moins que les modes antiques dont ils dérivent, ou plutôt auxquels ils sont identiques dans leurs éléments essentiels.

(1) Cela doit s'entendre pour les terminaisons des phrases ; c'est à dire que la musique moderne ne termine jamais une période mélodique par les notes *la si ut ré*, sans diéser la note *ut*. — Voir, dans les *Comptes rendus de l'Académie des sciences*, mon Mémoire sur ce sujet (novembre et décembre 1855).

Pour faire comprendre par un exemple vulgaire cette influence de la position du demi-ton dans le tétracorde, nous citerons la phrase de chant par laquelle débute le *Devin du village*. Cette phrase roule sur un tétracorde dans lequel le demiton est d'abord à l'aigu, sur les paroles *J'ai perdu tout mon bonheur ;* puis le demiton occupe la place moyenne dans la phrase d'imitation placée sur les paroles *Hélas ! il a pu changer :* on sent que Colette s'attendrit graduellement. En terme de musique ancienne, on dirait que la mélodie a subi une *métabole* (modulation), et passé du mode phrygien au dorien.

L'influence des modulations par dièses ou par bémols, sur l'expression mélodique, en tant que les premières s'effectuent en montant et les autres en descendant, tient à la même cause. Mais en conclure sans réflexion, comme on le fait souvent, que la mélodie est d'autant plus diastaltique ou d'autant plus systaltique qu'il y a plus de dièses ou plus de bémols écrits à la clef, c'est évidemment tirer une conséquence fausse.

(2) Les mêmes considérations se trouvent puissamment corroborées d'ailleurs par la théorie des *genres ;* mais nous devons nous borner ici à ce qui est relatif au genre diatonique, pour ne pas sortir du cadre de la musique ecclésiastique et nommément du chant grégorien.

— On a prétendu, je le sais, au sujet du caractère moral que Platon attribue aux divers modes de la musique grecque, qu'il ne fallait y voir qu'une *métaphore :* que « louer l'harmonie dorienne comme la seule véritablement grecque, c'est recom-
« mander d'une manière détournée la discipline de Sparte comme supérieure à
« toute autre, » etc. Or, en admettant l'objection dans les termes mêmes où elle est ici posée, il n'en résulte pas moins que si Platon, parlant des diverses harmonies, a voulu seulement faire comprendre, par une comparaison, les qualités propres aux diverses formes de gouvernement, c'est qu'apparemment il trouvait dans la forme propre à chacune de ces harmonies, quelque chose d'analogue à chacune de ces formes de gouvernement : car quelle est l'essence de toute bonne comparaison ? n'est-ce pas d'expliquer une chose inconnue ou qui ne tombe pas sous les sens, par une chose sensible et préalablement connue, ayant avec la première des rapports évidents et faciles à saisir ? Il est donc clair, sans qu'il soit besoin d'entrer à cet égard dans de plus amples développements, qu'une semblable objection porte en elle-même sa propre réfutation.

Pour faire mieux ressortir encore l'analogie de ces deux sortes de modes, rappelons que la musique ambrosienne, comme nous l'avons dit ci-dessus, classait tous les chants en quatre groupes, constituant autant de modes principaux caractérisés par leur finale et désignés par les qualifications : *protus, deutérus, tritus, tétartus*, nomenclature qui a, pour le dire en passant, l'avantage d'écarter les fausses analogies que nous avons signalées plus haut.

D'un autre côté, il faut se rappeler encore, que, dans chacun des modes ou des octaves de la musique des Grecs, il y avait une note, appelée *mèse*, qui était la cinquième de l'octave descendante, et sur laquelle le chant venait constamment se reposer, rôle analogue par conséquent à celui que remplit la tonique dans la musique moderne. Ainsi, dans l'octave mixolydienne *si la sol fa MI ré ut si, MI* était la mèse ou finale ; de même le mode lydien avait sa mèse sur le *fa*, le phrygien avait la sienne sur le *sol*, le dorien sur le *la*, l'hypolydien sur le *si*, l'hypophrygien sur l'*ut*, et enfin l'hypodorien sur le *ré*.

D'où il résulte, pour nous en tenir aux quatre octaves correspondant aux quatre modes principaux de saint Ambroise, que (comme nous l'avons déjà indiqué) :

Le *protus* (ayant sa finale sur le *ré*) est identique en réalité à l'*hypodorien* des Grecs, le *deutérus* (*mi*) au *mixolydien*, le *tritus* (*fa*) au *lydien*, et le *tétartus* (*sol*) au *phrygien*.

Or, j'ai expliqué ailleurs que le mode phrygien des Grecs correspondait à notre mode majeur (1), et que le dorien (ou l'hypodorien, celui-ci pouvant être ramené au précédent par le moyen du *si* bémol facultatif) rentrait dans notre mode mineur. Ces relations deviennent surtout évidentes quand on se borne aux notes

---

(1) On sait par un passage d'Athénée (liv. IV à la fin) que « c'était sur le mode « phrygien que sonnaient les trompettes et les autres instruments de guerre » : c'est là une des nombreuses raisons qui démontrent que l'harmonie phrygienne est identique à notre mode majeur, puisque les colonnes d'air vibrant à plein tuyau dans les tubes qui ne sont armés ni de clefs ni de pistons, ne peuvent donner que les harmoniques du son fondamental, ce qui conduit nécessairement et exclusivement au mode majeur de la musique moderne. (Voyez les *Notices et extraits*, etc., *ibid.* p. 98 ; et les Actes du *Congrès scientifique d'Arras* (1853), t. II, p. 378 et suiv.). Ce que l'on dit ici pour la trompette est applicable à tous les instruments à vent : « L'harmonie phrygienne prédomine dans les instruments à vent », dit un auteur très ancien (Σύγγραμμα περὶ μουσικῆς, *Notices*, etc., *ibid.*, p. 13). « On regarde la « flûte comme étant d'origine phrygienne », dit un autre (Ἁγιοπολίτης, *ibid.*, p. 262). Or, on sait ce qu'était la flûte à son origine : *Simplex, foramine pauco* (Hor. De *Art. poet.*). — N'oublions pas d'ailleurs que l'assimilation du mode phrygien au majeur moderne une fois admise, toutes les autres s'ensuivent par une déduction en quelque sorte géométrique.

de la quinte supérieure de chaque mode, intervalles que les chants antiques dépassaient rarement. Il est impossible en effet, restant dans ces limites, de méconnaître alors le caractère du mode majeur dans le tétartus, et celui du mode mineur dans le protus.

Il est facile de reconnaître d'ailleurs, dans les témoignages que nous a laissés l'antiquité sur les caractères de ces deux modes, le phrygien et le dorien, des preuves suffisantes pour nous permettre d'identifier, d'une part, le mode phrygien au tétartus de la musique ecclésiastique et au mode majeur de la musique moderne, et de l'autre, le protus au mode dorien et au mineur moderne.

En effet, d'après Aristote (*Polit.*, VIII, 7), « L'harmonie phrygienne était éminemment propre à produire l'enthousiasme, à exciter les passions, le courage, la fureur même » Suivant Platon (*Rép.*, III, trad. de Burette dans sa note cu sur Plutarque), « Elle imite la voix et les accents de ceux qui marchent au combat, qui affrontent sans crainte les périls des blessures, de la mort et de toute autre calamité, et qui soutiennent constamment les plus violents assauts de la fortune ».

Quant à l'harmonie dorienne : « Elle représente l'homme, dit Platon (*l. cité*, trad. du même Burette), dans un état de tranquillité qui s'emploie volontairement à persuader et à instruire les autres, qui adresse à la Divinité des prières et des vœux, ou qui se rend lui-même accessible aux supplications, se laisse dissuader, et qui, ayant obtenu ce qu'il souhaite, n'en est pas plus fier, mais sait jouir de sa fortune, quelle qu'elle puisse être, avec modestie, avec tempérance et avec fermeté ».

Écoutons encore Aristote (*Polit.*, VIII, 7) : « Tout le monde, dit-il, s'accorde sur le caractère grave et viril du monde dorien »; puis Héraclide de Pont, dans Athénée (liv. XV, p. 624) : « L'harmonie dorienne présente un caractère mâle et grandiose propre à réprimer le penchant au désordre et le goût des plaisirs; en repoussant le brillant et l'éclat, elle a quelque chose d'austère et de grave, etc. ». Pindare (1), Aristoxène (2), Proclus (3), Plutarque (4), Lucien (5), rendent également justice au caractère noble et majestueux du mode dorien.

(1) Schol. sur la 1re olymp., v. 25.
(2) Dans Plutarque, *De musica*, chap. XVII.
(3) Schol. sur Platon, Ruhnk. p. 15 ; et Boëckh, *De metris Pindari*, p. 239.
(4) *Lieu cité*, chap. XVI et XVII.
(5) *Harmonide*.

Après ces deux modes principaux, voyons maintenant les témoignages anciens relatifs au lydien et au mixolydien, qui correspondent, comme nous l'avons dit, celui-ci au deutérus et le premier au tritus.

Le mode mixolydien, d'après Aristote, était employé surtout dans la tragédie et y était presque exclusivement affecté au chœur, par cette raison entre autres, qu'il était le plus grave de tous (1), et que « les sons graves sont ceux qui s'accordent le mieux avec les sentiments doux et paisibles ». Au contraire, les modes les plus aigus du système étaient exclus des chœurs, « parce qu'ils sont, dit le même auteur, éminemment propres à l'action; or les personnages sont les héros : c'est à eux qu'appartient l'énergie, l'enthousiasme, tandis que le chœur, c'est le peuple, être essentiellement faible et passif ».

On retrouve bien en effet dans le deutérus, dans le triton qu'il présente à l'aigu et le demi-ton qui le termine au grave, le caractère éminemment pathétique que les anciens attribuent au mixolydien; et celui-ci est ainsi nommé, sans aucun doute, parce que la relation de triton qui s'y rencontre fréquemment oblige alors à bémoliser le *si*, ce qui en modifie profondément le caractère en le ramenant ou le *mélangeant* à l'hypolydien, mode dont le caractère est essentiellement plaintif, doux, et tendre même jusqu'à la mollesse : aussi Plutarque le considère-t-il comme propre à peindre et à exciter la tristesse et les lamentations. Et de même le deutérus, avec le bémol sur le *si*, est-il reconnu comme très approprié aux supplications : l'on en trouve un exemple dans le *kyrie* qui termine les litanies des Rogations.

Enfin le tritus est analogue au lydien *tendu* ou *dur* dont les anciens disent peu de chose; mais il est facile de voir que l'un et l'autre possèdent les mêmes caractères; ils rentrent également dans notre mode majeur, ou dans le phrygien antique, par la bémolisation du *si* (2).

En résumé, il résulte de la discussion précédente, qu'outre les modes majeur et mineur, c'est à dire le phrygien et le dorien antiques, qui se retrouvent dans le tétartus et le protus, les Grecs avaient trois autres modes principaux qui se retrouvent également, savoir, le lydien dur ou tendu dans le tritus, le lydien mou et le mixolydien dans le deutérus.

(1) Voir ci-dessus.
(2) Voir les lieux cités.

Quant aux terminaisons finales sur le *la*, sur le *si*, et sur l'*ut*, elles rentrent, au moyen du bémol facultatif, dans celles du protus, du deutérus, et du tritus; et l'auteur du système primitif des Latins, saint Ambroise ou tout autre, avait pu en faire abstraction (1).

Maintenant, ce qu'il est très important de remarquer, parce que c'est de là que prend sa source le caractère distinctif et la constitution propre à chaque mode, ce sont les relations qu'ont avec la finale, les notes qui en sont voisines et par lesquelles il faut passer pour arriver à celle-là. Ainsi, ce qui caractérise le Protus, établi sur le *ré* ou sur le *la*, c'est d'avoir au grave un ton plein, et à l'aigu un ton, un demi-ton, et deux tons; le Deutérus, établi sur le *mi* ou sur le *si*, c'est d'avoir au grave deux tons, et à l'aigu un demi-ton et deux tons; le Tritus, établi sur le *fa* ou sur l'*ut*, d'avoir au grave un demi-ton et deux tons, à l'aigu, deux tons. Quant au Tétartus, il est le seul qui ait un ton au grave et une tierce majeure à l'aigu.

Or, ces circonstances de similitude se rencontrent, dans la gamme, deux fois pour chaque mode (le tétartus toujours excepté) et pas plus de deux fois; et les deux finales qui appartiennent ainsi en même temps, soit au protus, soit au deutérus, etc., sont toujours situées à une quinte de distance l'une de l'autre, *ré* avec *la*, *mi* avec *si*, *fa* avec *ut*. Les intervalles compris entre chacune des deux notes de chaque paire, et celles qui en sont voisines, au grave et à l'aigu respectivement, sont identiques pour les deux; et l'on peut même, au lieu de restreindre cet énoncé aux seules notes voisines de chaque couple de finales semblables, l'étendre à toutes les autres notes de la gamme au moyen du bémol auxiliaire, et dire que le même mode se rencontre *deux fois*, ni plus ni moins, dans toute l'étendue du système (pourvu que l'on ne sorte pas de la double octave) (2).

Ce phénomène nous explique la *diaphonie*, qui fut le point de départ de l'harmonie moderne. On conçoit, d'après ce qui précède, que deux voix exécutant le même chant à un intervalle constant de quarte ou de quinte, ne sortent point pour cela de l'échelle diatonique (le *si* bémol étant toujours considéré comme faisant partie intégrante de cette échelle), et que toutes deux, et chacune en par-

---

(1) Et même le *si* serait exclu pour une autre raison : c'est qu'il n'a pas sa quinte juste.

(2) A la rigueur on peut réaliser le même mode un nombre indéfini de fois sur des notes ascendantes ou descendantes par intervalles successifs et alternatifs de quarte et de quinte, mais, comme on le voit, deux fois seulement en se bornant à deux octaves.

ticulier, conservent parfaitement au chant son véritable caractère (1),
ce qui ne saurait avoir lieu pour aucun autre intervalle , la tierce
par exemple ; car de deux choses l'une : ou cette tierce devra être
constamment majeure ou constamment mineure, et alors il faudra
sortir de l'échelle diatonique pour l'exécuter sans altération sur
toutes les notes du chant; ou l'on modifiera cette tierce suivant
l'occurence des degrés de l'échelle , et alors les chants exécutés par
les deux voix produiront des impressions essentiellement différentes : car, tandis que l'une exprimera le sentiment du mode majeur par exemple, l'autre donnera celui du mode mineur.

Or, nous ne craignons pas de nous trop avancer en disant qu'ici
se trouve la clef d'une méthode véritablement acceptable pour l'accompagnement du plain-chant. Peut-être le plain-chant ne devrait-
il pas être accompagné ; mais si l'on admet qu'il puisse l'être d'une
manière convenable, il s'agira de déterminer les conditions de cette
convenance. C'est là une question sérieusement agitée aujourd'hui,
et dont peut-être pour la première fois on a essayé dans ces der-
niers temps d'obtenir une solution rationnelle. Nous voulons parler
de la méthode exposée par MM. L. Niedermeyer et J. d'Ortigue dans
leur intéressant *Traité théorique et pratique de l'accompagnement du
plain-chant*, ouvrage où l'on trouve une étude consciencieuse du
problème, et des considérations aussi instructives pour le théoricien
que profitables au praticien. Après l'avoir lu avec toute l'attention
et tout l'intérêt dont il est digne, s'il est permis de douter que les
estimables auteurs aient dit le dernier mot sur l'importante question qu'ils y ont traitée, on ne peut du moins leur refuser l'honneur,
non-seulement d'avoir ouvert la voie vers une solution telle qu'on
peut la désirer, mais même de l'avoir conduite bien près du but.

Les deux règles fondamentales qui ont servi de base aux savants
auteurs, sont les suivantes :

« 1° Nécessité, dans l'accompagnement du plain-chant, de l'em-
« ploi exclusif de l'échelle ;

« 2° Nécessité d'attribuer aux accords de finale et de dominante,
« dans chaque mode, des fonctions analogues à celles que ces notes
« essentielles exercent dans la mélodie.

---

(1) C'est ce que la méthode des *Muances* (ou Solmisation par hexacordes) fait
voir clairement : les anciens théoriciens auraient dit que la suite *ut ré mi fa sol la*
peut s'appliquer aux notes C D E F G a, ou aux notes G a ♮ c d e. On peut encore, à la rigueur, appliquer la même suite sur les notes F G a ♭ c d; mais celles-ci
sont en dissonance avec les précédentes; toutefois elles n'en forment pas moins,
avec les premières, une diaphonie à la quarte.

« La première de ces règles, ajoutent-ils, donne les lois de la *to-nalité* générale du plain-chant ; la seconde donne les lois de la « *modalité*, lois en vertu desquelles les modes peuvent être discer-nés entre eux. »

La convenance de la première règle est de toute évidence ; depuis longtemps elle était de ma part l'objet d'une profonde conviction, lorsque, peut-être pour la première fois, j'osai l'énoncer au Congrès scientifique d'Arras (1853), où elle parut à quelques auditeurs d'élite, aussi fondée en raison, qu'elle eût pu sembler malsonnante et audacieuse devant un autre auditoire (1).

Quant à la seconde règle, celle qui détermine la modalité, les auteurs du Traité dont je parle me permettront de leur faire observer qu'elle a pour complément nécessaire un autre principe qu'ils énoncent ainsi sous le n° 5, savoir :

« Les lois qui régissent la mélodie du plain-chant doivent être « observées *dans chacune* des parties dont se compose son accom-pagnement. »

Or, si cette 5e loi doit s'entendre, comme il me paraît incontestable, de la modalité en même temps que de la tonalité, il résulte évidemment des développements dans lesquels je suis entré plus haut, que la partie d'accompagnement qui donne la tierce de la note finale, doit être modifiée, au moins dans les cadences, de manière que cette tierce y soit remplacée par la finale ou par la dominante. Un ou deux exemples suffiront pour mettre cette vérité dans tout son jour. Je les prends dans l'ouvrage même de MM. Niedermeyer et d'Ortigue, et je n'irai pas les chercher bien loin. Voyons d'abord l'exemple donné pour le mode mixte protus (p. 50).

Décomposons la cadence de l'accompagnement placé, par exemple, sur les paroles *Unde mundus judicetur :*

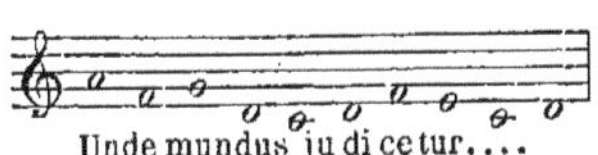

D'abord, les parties de ténor et de basse satisfont tout à fait aux conditions du *protus :*

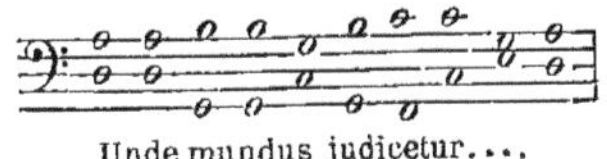

(1) L'estimable et si consciencieux M. d'Ortigue ne me blâmera sans doute pas de lui rappeler ici la conversation que j'eus avec lui vers la même époque, au sujet de ce principe qui nous divisait encore.

En effet elles ont la seconde majeure à l'aigu comme au grave, et la tierce mineure à l'aigu ; aussi contribuent-elles puissamment à renforcer l'expression du chant.

Mais que dire du contraténor ?

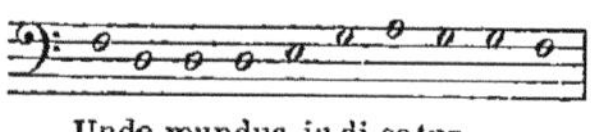

Ne voit-on pas que cette partie, appartenant au *tritus*, contrecarre nécessairement l'effet des trois autres parties par sa tierce majeure, en paraissant ainsi mêler un chant d'allégresse à un chœur de gémissements ?

Prenons encore cette cadence qui termine l'*Agnus Dei* du 6e mode (*Ibid.* p. 78) :

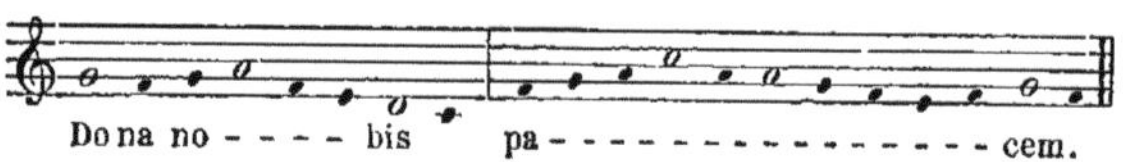

Ici encore, le ténor et la basse sont parfaitement en harmonie avec le chant :

Mais il est certain que le contraténor produit une tout autre impression, et que cette énergique conclusion en est comme énervée :

La conséquence de ce qui précède se présente d'elle-même : c'est qu'il faut *Supprimer la tierce dans l'accord final de toutes les cadences.* En effet, cette note produisant sur la finale et sur la dominante deux tierces d'espèce contraire, donne nécessairement, et dans tous les cas, l'impression d'un mode antipathique à celui du morceau que l'on accompagne.

Au surplus, je ne me dissimule pas combien une semblable assertion peut paraître insuffisante, émanée d'une source que l'on a tout droit de considérer comme trop peu pratique pour entraîner la conviction. Aussi je m'empresse d'ajouter que ce n'est pas simplement *a priori* que j'eusse osé présenter la règle précédente comme le complément nécessaire des lois que MM. d'Ortigue et Niedermeyer ont formulées. Mais cette règle, on peut l'affirmer sans crainte, est fondée sur une base réellement historique : car elle a pour autorités, si ce n'est pour auteurs, les musiciens les plus célèbres du XV⁰ siècle, Dufay, Tinctoris, Ockeghem, Busnoys, en un mot, les vrais fondateurs de l'harmonie moderne. On peut, en effet, sans méconnaître les travaux accomplis pendant les trois siècles précédents (1), attribuer principalement à ces compositeurs le mérite d'avoir reconnu dans la diaphonie du moyen âge, si affreuse à nos oreilles modernes, les germes d'une véritable science harmonique qui n'avait besoin que d'être vivifiée par l'artifice des mouvements contraires : car telle est, peut-être, la formule sous laquelle on peut résumer leurs compositions à trois et à quatre parties : *Application des mouvements contraires à une diaphonie donnée à la quinte ou à l'octave.*

En effet, ayant eu l'occasion d'étudier un manuscrit très-précieux du XV⁰ siècle, contenant un recueil de Rondeaux à trois voix, et appartenant à M. le comte de Laborde qui a eu l'obligeance de le mettre à ma disposition, je reconnus, avec quelque étonnement d'abord, que, sur cent-cinquante morceaux environ qui composent cette collection, *pas un seul* accord final ne contenait d'autre note d'accompagnement que l'octave et la quinte ; et quoique l'accord parfait et ses renversements s'y montrent partout, notamment dans les cadences suspensives, pas une seule fois la tierce n'apparaît dans l'accord terminal. Certes, un résultat aussi général ne saurait être dû au hasard ni à l'ignorance ; et en effet, en y réfléchissant, on ne tarde pas à trouver une raison déterminante du fait, raison qui le ferait deviner si on ne le connaissait pas. Cette raison est celle-ci : à l'époque où la musique était encore toute diatonique et *monotonique*, le genre ditonié était en pleine vigueur, c'est à dire que l'échelle vocale et l'accord de l'orgue étaient réglés d'après une suite de quintes justes (2). Or dans cette échelle, tous les tons étant essentiellement majeurs, la tierce majeure, représentée par la fraction $\frac{81}{64}$, est dissonante ; l'accord de tierce et quinte n'était donc point,

<hr>

(1) Voir, à ce sujet, la savante *Histoire de l'harmonie au moyen âge* de M. De Coussemaker.

(2) Voir *Gerb. script. eccles. de musica sacra*, tom. II ; p. 279 et suiv.

2

à proprement parler, un accord parfait, et par conséquent il ne pouvait servir de conclusion à l'harmonie.

L'absence de la tierce dans l'accord final des compositions de cette époque témoigne donc de la puissance avec laquelle le sentiment de la tonalité ancienne régnait encore. Nous sommes bien loin, on doit le penser, de demander que l'on revienne à cette forme quant à ce qui est relatif à la musique proprement dite; mais on nous permettra bien de croire et de soutenir que si le chant liturgique doit accepter les progrès de l'art, ce n'est qu'autant que ces progrès peuvent lui être appliqués sans violer les lois constitutives de son essence. Or, il nous paraît que nulle méthode n'est plus convenable que celle dont nous indiquons l'emploi, pour remplir les conditions voulues; et nous croyons même trouver dans l'opposition qui en résulterait entre l'harmonie musicale proprement dite et l'harmonie liturgique, un avantage pour cette dernière, en imprimant au chant religieux un caractère de gravité, de sévérité, de dignité, en lui donnant un vernis d'antiquité dont il a besoin pour se distinguer de la musique moderne, de la musique mondaine. En un mot, il faut que le plain-chant, comme tous les arts appliqués au service du culte chrétien, présente ce caractère hiératique qui rappelle immédiatement à l'imagination son objet divin, saisisse l'âme et la pénètre de vénération.

Ici même se présente une conséquence devant laquelle on ne peut reculer : l'harmonie du plain-chant étant ramenée à être diatonique, le tempérament musical moderne n'y a plus aucune raison d'être. La justesse et la sonorité résultant de l'exactitude rigoureuse de l'accord par quintes, sont des beautés que le tempérament avait fait perdre au chant liturgique; il a le droit de les revendiquer en échange des degrés chromatiques qu'il doit abandonner à la musique. De là, nécessité de supprimer la tierce dans tout accord final, pour éviter une terminaison dissonante qui serait intolérable.

Au surplus, il n'y aurait aucune difficulté à rétablir l'accord par quintes justes dans l'orgue exclusivement destiné à l'accompagnement du plain-chant; et nous possédons même, sur la manière dont les anciens musiciens le pratiquaient, des renseignements très curieux. En effet, dans l'auteur grec anonyme publié à Berlin par le Dr F. Bellermann en même temps que j'en donnais à Paris une traduction accompagnée de commentaires, on lit (1) que *les hydraules*

---

(1) *Notices et extraits des manuscrits*, etc. Tome XVI, 2e partie, p. 13.

(*ou orgues*) (1) *employaient six tropes :* l'*hypolydien*, l'*hyperiastien*, le *lydien*, le *phrygien*, l'*hypolydien*, l'*hypophrygien*. Or, en assimilant le trope *lydien* au ton *mineur* de *la* (2), l'*hypolydien* serait le ton de *ré* avec *un bémol* à la clef, le *phrygien* le ton de *sol* avec 2 *bémols;* l'*hypolydien* est identique au ton de *mi* avec *un dièse*, et l'*hyperiastien* au ton de *si* avec 2 *dièses*. Quant à l'*hypophrygien*, c'est l'octave grave du trope hyperlydien ou du ton mineur de *ré*. Enfin, comme le système conjoint exige la suppression d'un dièse ou l'addition d'un bémol, le trope phrygien, pour être complet, demande un *la* bémol. Voilà donc l'accord des cinq touches noires de l'orgue, complétement déterminé : *deux* d'entre elles doivent rendre le *fa* ♯ et l'*ut* ♯, s'accordant par quintes justes ascendantes à partir du *si;* les *trois* autres, représentant le *si* ♭, le *mi* ♭, et le *la* ♭, s'accorderont par quintes descendantes à partir du *fa*. De cette façon, tous les degrés de l'échelle ont leur quarte et leur quinte justes, au grave comme à l'aigu, excepté dans les intervalles compris entre un *ut* ♯ et un *la* ♭, la quarte y étant remplacée par une *tierce augmentée*, et la quinte par une *sixte diminuée*. Il en résulte que 7 des 12 degrés de l'octave ne peuvent être pris pour toniques : ce sont (le mode étant supposé mineur) les 5 touches noires, plus l'*ut* et le *fa;* il reste donc pour toniques admissibles, à choisir entre ces 5 notes : *mi, sol, la, si, ré*. On pensera sans doute que ces 5 degrés présentent un choix suffisant pour les besoins réels du plain-chant.

D'ailleurs, et qu'on le remarque bien, il ne faut point s'exagérer les choses et voir ici une révolution : les voix non accompagnées continueront à chanter comme elles ont chanté jusqu'à présent; et quant aux voix accompagnées, elles suivront l'accompagnement régi par l'exactitude des quintes avec plus de facilité certainement, et même à leur insu, qu'elles ne suivaient l'accompagnement tempéré.

En résumé, que l'on y réfléchisse : si l'on veut sauver les débris du chant grégorien, là seulement est le salut.

Avant de terminer, nous devons dire quelques mots des notes accidentelles, dont l'emploi facultatif est inhérent et même néces-

---

(1) On sait que dans l'origine de cet instrument, le réservoir d'air qui alimente le soufflet était clos au moyen de l'eau. (Voy. *Mém. de la Société des Antiquaires de France*, t. XX, p. 6 et suiv.: *Sur quelques pierres gnostiques*, etc.)

(2) *Notices*, ibid., p. 40 et 123. — Ce trope paraît avoir été originairement un ton ou un ton et demi plus au grave; mais peu importe ici. — N. B. qu'il n'y a aucune assimilation à établir entre le *trope* lydien ou autre et le *mode* lydien (voir plus haut). Encore une fois, les tropes sont les *tons*, déterminés dans la musique moderne par le plus ou moins grand nombre de dièses ou de bémols à la clef.

saire à la tonalité moderne, et dont, par une conséquence peu rigoureuse cependant, les organistes accompagnateurs de nos jours croient pouvoir user et abuser dans le chant d'église, tandis que les théoriciens du moyen âge, même indépendamment de toute considération d'harmonie, n'hésitaient pas à en condamner l'emploi qu'ils qualifiaient de fausse musique, *falsa musica*.

Il résulte en effet des développements dans lesquels nous sommes entré, que le bémol appliqué au *si*, et caractéristique du système conjoint des Grecs, est le seul degré chromatique admissible dans la tonalité de l'Église (en supposant même qu'on doive lui donner cette qualification de chromatique au lieu de le considérer comme appartenant essentiellement au genre diatonique); et encore ne doit-on l'employer que pour éviter, soit la relation de triton qui peut se présenter entre le *si* et le *fa*, soit celle de la quinte mineure qui en est le renversement (1). Et à ce propos, nous devons encore signaler ici une circonstance importante à l'appui des considérations qui précèdent, c'est que dans les compositions à plusieurs parties, il est rare que les diverses clefs y soient armées de la même manière (voy. ci-après les pièces n° II, III, IV).

Cette proscription des degrés chromatiques est une règle rigoureuse dont on ne doit pas se départir quand on veut suivre les principes de la théorie strictement grégorienne ; et quoique cette sévérité, ainsi que j'ai eu occasion de le dire ailleurs, ne fût point universellement observée, puisque les traités vraiment complets exposent toujours la division du monocorde suivant les trois genres grecs, il n'en est pas moins vrai que ceux de ces traités dont la destination ne s'étend pas au delà du chant grégorien, ne mentionnent, en dehors de l'échelle diatonique, aucun autre degré que le *si bémol*.

Je regarde donc au moins comme exagérée l'opinion d'après laquelle on aurait introduit, dans tous les tons, des notes sensibles et autres notes d'agrément, que (dit-on) l'on n'écrivait pas parce que l'on connaissait d'avance leur position et la nécessité de leur emploi. Une semblable théorie, je le répète, ne me semble admissible qu'avec beaucoup de restrictions et de réserves, du moins pour l'époque et pour le genre de musique que nous considérons.

---

(1) A la rigueur, la même fausse relation peut être évitée au moyen du *fa* #, et cela revient à une transposition dans laquelle la Conjonction serait transportée à l'intervalle *mi fa* ; mais alors il faut s'abstenir du *si* ♭ dans la même pièce, sans quoi il en résulterait deux Conjonctions, ce qui est incompatible avec le système grec et latin.

Il y a d'ailleurs une raison qui doit prédominer ici, et qui se trouve indiquée dans ce que nous avons dit plus haut relativement aux diverses sortes de gammes montantes ou descendantes, diastaltiques ou systaltiques. Les gammes sont disposées deux par deux symétriquement de part et d'autre de la note *ré*, comme on le reconnaît à la simple inspection du clavier (1): de sorte qu'à la gamme essentiellement majeure d'*ut* par exemple, correspond la gamme essentiellement mineure de *mi*, ce qui revient à dire que le mode tritus, pour parler le langage ecclésiastique, est inverse ou symétrique du deutérus; d'où résulte cette conséquence sur laquelle nous appelons spécialement l'attention du lecteur : c'est que la note *fa*, seconde supérieure de *mi* note finale du deutérus, joue par rapport à cette note finale, un rôle tout à fait analogue à celui que joue par rapport à la note *ut* dans le mode tritus d'*ut*, la seconde inférieure *si* ; c'est-à-dire que le *si* étant note sensible *inférieure* de *ut*, de même le *fa* est sensible *supérieure* de *mi*.

Ainsi, c'est uniquement dans la tonalité moderne que la tonique exige ou suppose toujours une sensible inférieure : car dans la tonalité ancienne, la note sensible est essentiellement supérieure lorsqu'il s'agit des gammes descendantes ou systaltiques. C'est donc un contre-sens barbare que de diéser, par exemple, la note *ré* pour monter sur le *mi* dans les 3ᵉ et 4ᵉ modes, puisqu'il en résulte deux sensibles qui se contrarient, l'une supérieure et l'autre inférieure, à une distance de tierce diminuée. Un pareil usage ne peut s'être introduit que par suite d'un oubli complet de la tonalité antique et de la perte du sentiment des beautés qui lui sont propres, beautés qui, cependant, ne lui sont pas si exclusivement inhérentes, qu'on ne puisse, quand on le voudra, en faire profiter la tonalité moderne; et c'est en ce sens que J. J. Rousseau disait qu'au lieu de chercher à faire entrer la musique dans le plain-chant, on devrait bien plutôt chercher à faire le contraire. Toutefois, reprocher aux musiciens archéologues, comme on y est si porté, de vouloir faire rétrograder l'art en cherchant à lui rendre les qualités qu'il a perdues, c'est se montrer bien peu judicieux. L'art a fait d'immenses progrès, cela est incontestable ; loin de répudier ces progrès, nous trouvons au contraire qu'ils sont restés incomplets, en ce sens qu'ils n'ont été appliqués qu'à quelques branches privilégiées, et

(1) Voy. mon Mémoire déjà cité (*Comptes rendus de l'Académie des Sciences*, etc.). — Voyez aussi ma *Note sur une Clef universelle*. — C'est à la même considération que se rattache la remarque de MM. Niedermeyer et d'Ortigue (p. 44) sur les deux cadences inverses du premier mode.

cultivées seules à l'exclusion et au détriment des autres. Reprendre maintenant les éléments négligés, les cultiver à leur tour avec le même soin sans abandonner les autres, créer par conséquent de nouveaux moyens d'expression pour les faire concourir, conjointement avec les anciens, à produire des effets de plus en plus puissants, est-ce là faire rétrograder l'art?

Maintenant, je donnerai à titre d'exemple de la manière dont on composait à 3 parties au XVe siècle, divers motets à la sainte Vierge, que j'extrais, tant du manuscrit de M. le comte de Laborde, que d'un manuscrit français de la Bibliothèque impériale (fonds suppl., n° 2637) dont la composition est analogue à celle du premier. Dans celui-ci, malheureusement, le commencement a été arraché, sans doute en vue de recueillir une miniature (1).

Vient ensuite une psalmodie en faux-bourdon, à 4 parties, sur des paroles italiennes; après quoi, je demande la permission, pour terminer, de donner, à défaut de morceau de plain-chant, un Rondeau que j'extrais du manuscrit de M. de Laborde, et qui est écrit dans le 4e mode (deutérus plagius), mode depuis longtemps abandonné par les musiciens, malgré son caractère éminemment expressif (2). Il faut convenir même que cette expression, naturellement molle et langoureuse, va quelquefois jusqu'à une tristesse navrante; et sous ce rapport on ne doit point regretter que les mœurs nationales aient laissé ce mode tomber en désuétude; mais comme élément dramatique, il est fâcheux que les compositeurs

(1) Il paraît que tout recueil de chansons profanes était tenu de commencer par un morceau pieux qui lui servait de passe-port et de passe-partout. La même circonstance se retrouve en effet dans un manuscrit analogue de la bibliothèque de Dijon, sur lequel M. Steph. Morelot a publié un remarquable travail dans le recueil de la Société archéologique de Dijon. Et à cette occasion, je me fais un plaisir de reconnaître ici les secours que j'ai trouvés dans le savant Mémoire de M. Morelot, pour l'étude à laquelle je me suis livré relativement aux manuscrits cités.

(2) Je n'ignore pas l'objection consistant en ce que « ce mode n'a pas, dit-on, de « finale propre, et qu'il n'y faut voir autre chose que le mode mineur ordinaire « se reposant sur la dominante. » C'est là, j'ose le dire, un préjugé dont une habitude invétérée est le seul fondement; et je ne crains pas d'affirmer que nous finirions par lui reconnaître, comme à nos deux modes ordinaires, une véritable terminaison, si nous le pratiquions. L'expérience mérite d'être tentée. Tant qu'on ne l'aura pas faite, on ne pourra logiquement contester mes assertions.

L'ouvrage de Morel, cité précédemment, établit également comme principe (p. 50), que la *répétition* d'un même effet mélodique, plus généralement, que l'*imitation* et par conséquent l'*habitude*, est aussi une source de plaisir.

Le même auteur donne encore, pour l'éclaircissement des questions qui nous occupent, des détails physiologiques auxquels on ne saurait prêter trop d'atten-

y aient totalement renoncé, par suite de l'importance exagérée et par trop absolue accordée au système de Rameau, système que la constitution de ce mode contrarie particulièrement. Ce morceau servira de vérification à ce que j'ai dit précédemment, de la véritable position de la note sensible dans le mode deutérus, mode que je regarde comme le véritable mixolydien antique ; et l'on pourra en même temps juger ainsi de la manière dont ce mode doit être harmonisé (1).

tion. Ainsi, d'après lui, la perception nette d'un son ou d'une série de sons coordonnés exige une certaine préparation de l'oreille, une certaine tension préalable et convenablement appropriée, des membranes de l'organe auditif. D'où il résulte qu'une phrase musicale, qu'une suite mélodique ou un ensemble harmonique que l'on n'a jamais perçu, auquel on ne s'attend point, quand il ne produit pas une sensation désagréable, ne saurait du moins occasionner tout le plaisir qu'est apte à produire son audition répétée. Telle est, sans aucun doute, une des causes de la répulsion que rencontre inévitablement tout essai d'innovation, toute tentative qui s'écarte des habitudes une fois prises.

(1) Je dois prévenir que je n'ai rien changé à la disposition des paroles sous le chant ; il faudrait nécessairement la modifier pour l'exécution. — Consulter en outre mon *Rapport* sur le manuscrit de M. de Laborde, adressé à la Section d'Archéologie du Comité de la langue, etc., dans le tome IV du *Bulletin* de ce comité.

(Extrait de la *Revue archéologique*, XIVᵉ année.)

Ch. Lahure, imprimeur du Sénat et de la Cour de Cassation,
rue de Vaugirard, 9, près de l'Odéon.

I) *Bibliothèque imp., Ms. fr., suppl. 2637, fol. 1-3.*

(1) Ces indications sont sans doute une erreur de copiste.

me - a   Ve - - ni   O - sten - de
Ve - - ni
mi - hi fa - ci-em tu - - am   Sonet vox tu - a
O- stende mi - hi fa-ci-em tu- am
in au-ribus   me- is
O - sten - - de
me - is
mi - hi   fa - ci - - em tu - am

(II) Ibid., *fol.* 3-4 (1).

(1) Nous suivons exactement l'armature des clefs telle qu'elle est dans le manuscrit.

re - gi - na mun - di suc-
- cur - re no - bis Ad
te cla - ma - - - - - - - mus
quæ ge - nui - sti

sal - - va - to - rem
?
gen - ti - - - - - bus a -
- ve Vir - go pul - -cher - - ri - - ma
in gra - - ti - - - - - -

is
u - ber - ri - - ma
a -
ve· Vir - go
re - gi - - na
sal - va - to-
- rem
pro -tu - li - - - - - - - -

(III) *Ms. de M. le comte de Laborde (fol. 2 et 3; le 1er manque).*

Cette première partie manque dans le manuscrit, ainsi que les paroles, jusqu'à *Funde preces.* Ce qui précède ces

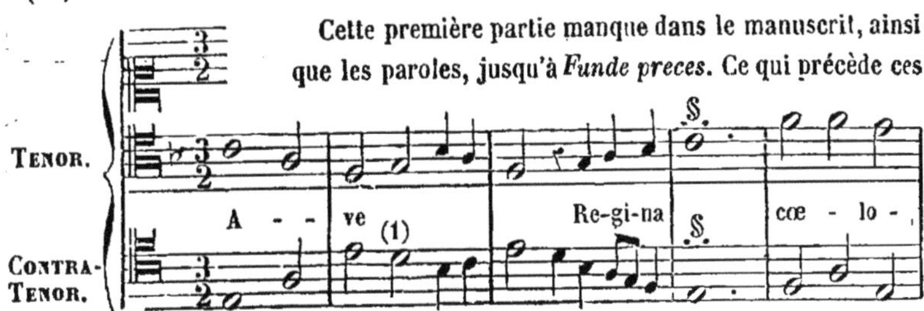

mots est ici, dans la partie supérieure, rétabli par conjecture; c'est pourquoi on l'a renfermé entre deux crochets.

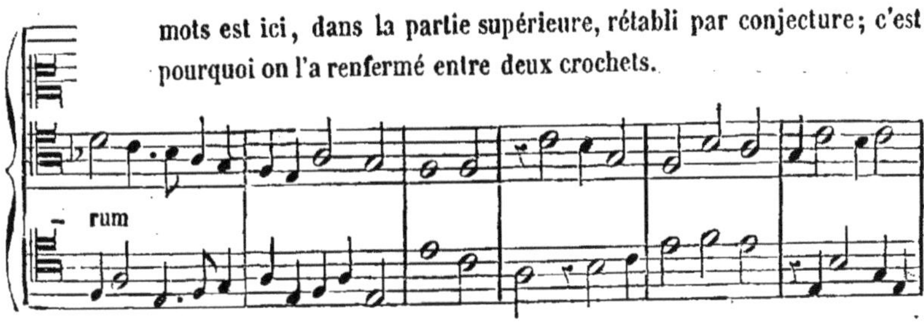

(1) Peut-être doit-il y avoir un bémol à la clef.

(1) Cette note serait une croche d'après le manuscrit.
(2) D'après le manuscrit, cette note serait une noire.

(IV) *Ms. de M. le comte de Laborde (fol. 142)* (1).

(1) Ce morceau est d'une main plus moderne, ainsi que le suivant.

(V) Ibid., *fol.* 139.

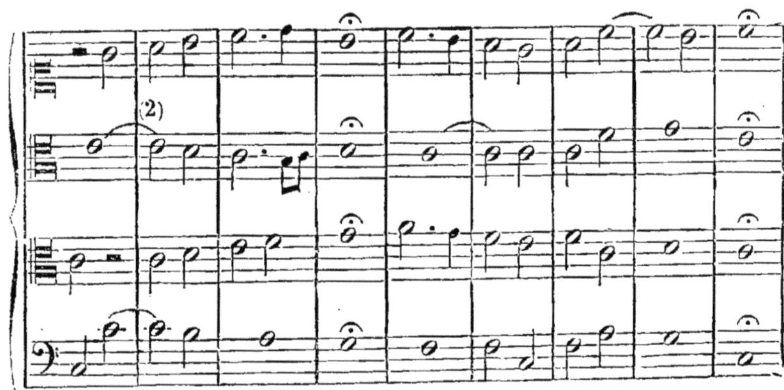

(1) Le silence total ne vaut qu'une blanche dans le manuscrit.
(2) Ce prolongement de la note n'est pas dans le manuscrit.

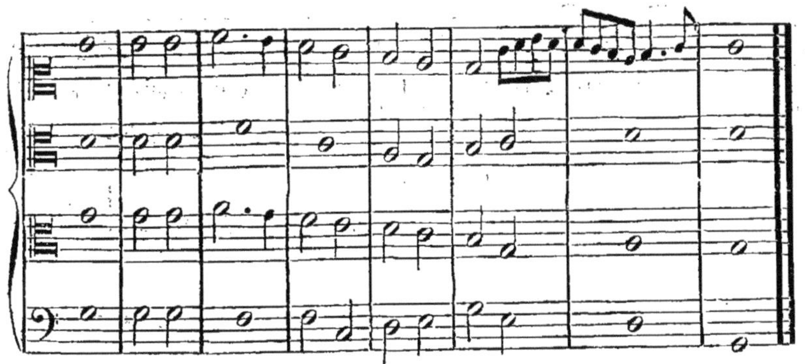

(VI) *Ms. de M. le comte de Laborde (fol. 76).*

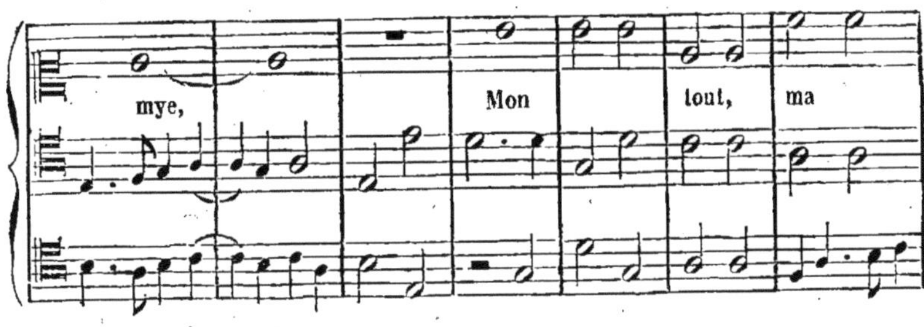

Vostre suis : car je n'ay envie
Fors vous servir ; et vous supplie } Ma plus etc.
Qu'à tousjours vous puisse nommer ;

N'ayez pas paour que vous oublie ;
Nulle ne sçay tant assouvie
Fors vous à qui puisse penser ; } Ma plus etc.
Mesmes seul ne me puis garder
Cent fois le jour que je ne die :

TYPOGRAPHIE DE CH. LAHURE
Imprimeur du Sénat et de la Cour de Cassation
rue de Vaugirard, 9

9 782014 033328